AF308584

LES SOLITUDES.

IMPRIMERIE DE CHASSAIGNON,
Rue Gît-le-Cœur, 7.

LES SOLITUDES,

POÉSIES

PAR

Louis CHEFDEVILLE.

C'est je ne sais quelle douceur, quelle sensualité mystique d'ajouter à son être l'air, les eaux et la verdure, ou plutôt de laisser aller sa personnalité à cette avide nature qui l'attire et qui semble vouloir l'absorber.

MICHELET.

PARIS.

CHALLAMEL, Éditeur, rue de la Harpe, 13.

1846

A LOUIS CHEFDEVILLE.

Ut pictura poesis.

HORACE.

Mon frère, votre cœur est comme une onde pure
Qui réfléchit en soi les saules de ses bords ;
Votre âme est un écho que le plus sourd murmure
Eveille, et qui traduit les sons en longs accords.

La source qui soupire et se plaint sous les chênes ;
Le sentier isolé qui mène au fond des bois ;
L'océan qui rugit comme un lion dans les chaînes ;
Le hallier solitaire où l'air même est sans voix ;

Le printemps qui s'éveille et brille après le givre,
Comme un rayon de joie au front d'un malhenreux ;
Mai, la verte saison où l'on se sent revivre,
Où chaque branche en fleurs couve un nid amoureux ;

La lune qui paraît comme Diane nue
Sous les arbres bercés par le doux vent du soir ;
Les bruits vagues de l'air ; cette plainte inconnue
Que l'on entend bruire, au loin, quand il fait noir ;

L'église dont on aime à voir la voûte sombre ;
Le calme qu'on ressent dans un cloître désert ;
Le tintement soudain de la cloche dans l'ombre ;
Le soupir qui s'échappe après qu'on a souffert ;

Le rêve que l'on fait une fois en sa vie
— D'aller voir le pays où pousse l'oranger,
De dérober ses jours aux regards de l'envie
Sous un chaume où l'on vit des fruits de son verger ;

Prières, souvenirs, doux espoirs, paysages,
Voilà quels sont vos chants. — Un lourd souffle de mort
A passé sur les cœurs et flétri tous les âges ;
Est-ce l'humanité qui meurt ou bien qui dort ?

Que faut-il espérer ou que nous faut-il craindre ?
Quel mot vas-tu laisser tomber, sombre avenir ?
Que vous importe à vous ? Qu'avez-vous à vous plaindre ?
Vous croyez au soleil : le printemps va venir.

Alfred DARIMON.

MAI.

I.

Les champs, les prés, les bois.

J.-J. ROUSSEAU.

Tandis que près du feu je songe gravement,
Au déclin d'un jour calme ainsi qu'un flot dormant,
A ma vitre en chantant vient frapper l'hirondelle,
Et sous l'or d'un rayon le lambris étincelle;

Puis une voix me dit : que fais-tu ? le jardin
Est tout en fleurs ; déjà le berceau de jasmin
Commence à reverdir. Ouvre donc ta fenêtre
Et ton âme aux parfums qui pour toi vont renaître.
L'hiver s'en est allé, l'air frémit ; c'est le temps
Des chants et des soupirs : c'est l'aube du printemps.

Oui, voici la saison chère à la rêverie,
Déjà frissonne au vent l'aubépine fleurie,
Avril va s'enfuyant, et de l'astre vermeil
L'alouette aux pasteurs annonce le réveil.
Adieu plaisirs du monde : il faut, loin de la ville,
A chacun son tibur ; on pense au lac tranquille,
Au bois où vers midi, l'an passé, l'on rêvait,
Au vallon qui de fleurs et d'ombre se revêt.

Demain, comme autrefois, affranchi de mes chaînes,
Je veux tout un long jour, par les monts et les plaines,
Cherchant la solitude et les sentiers secrets,
Promener mes ennuis sous des ombrages frais,

Et revoir le rivage où s'endort la pensée
Au bruit sonore et doux de la vague abaissée...
Mais quoi, riants loisirs, on vous cherche, et voici
Que l'on est tourmenté d'un plus grave souci :
Du labeur inquiet le caprice est la proie,
Et la réalité fane jeunesse et joie.

O vous, sentiers charmants tant de fois traversés,
Ne vous souvient-il plus de ces beaux jours passés ?
Lorsqu'au regard encor la clarté se dérobe,
Joyeux comme un chasseur je partais avant l'aube.
J'allais, le cœur léger, le pied dispos, en main
Quelque bâton coupé sur le bord du chemin.
Quand le soleil noyait l'ombre des cimes bleues,
Sans y songer, j'avais déjà fait maintes lieues.
Oh ! que j'aimais ainsi sous les feux du matin,
Foulant à mi-coteau la bruyère et le thym,
Contempler, au retour de la saison dorée,
Des champs et des grands bois la verdure éclairée.
Les feuillages tremblans et le ciel radieux
Enchantaient tour à tour et mon cœur et mes yeux.

Des halliers endormis, retraites fortunées,
Écartant de mon front les branches inclinées,
J'aimais dans le silence à goûter le repos,
Et du bruit de mes pas à troubler les échos.
Je disais : ô nature, où prends-tu ton sourire!
O douceur du désert, charme qui nous attire!
O des mêmes concerts et des mêmes clartés
Invincibles attraits, étranges voluptés!
Mais que sont devenus ces ombrages que j'aime?
Je crois les voir encor quand le temps d'avril sème
L'or de la giroflée au front des vieux arceaux,
Quand mai fait refleurir le genêt des coteaux.

L'hiver, aux jours mauvais, nous garde bien sans doute
Certains plaisirs exquis : le chanteur qu'on écoute,
Le Louvre et ses trésors, le Théâtre-Français.
Les lectures, les bals, les débuts, les succès;
Mais que sont les tableaux près des forêts sereines,
Et les airs du chanteur près du bruit des fontaines?
L'art est comme un sentier qu'on distingue à demi
Et nul n'y marche encor d'un pas sûr, affermi;

Il n'est point (la nature est la beauté supreme.)
De livre comparable à l'éternel poème.

Ainsi, quand vient le temps qui fait germer l'épi,
Les pieds sur mes chenets, devant l'àtre assoupi,
Au reflet adouci d'un beau jour qui s'achève,
Seul, en mon vieux fauteuil, le front penché, je rêve
La nuit à pas muets vient raviver mon feu,
Et soudain je crois voir dans l'ombre un jeune dieu,
Beau comme un marbre grec, la chevelure ceinte
De grappes de muguet, de myrte et d'hyacinthe.

LA SOURCE.

II.

Lorsque l'ombre a couvert cette vallée d'eau ; lorsque l'œil ne discerne plus ni les objets ni les distances, lorsque le vent du soir a soulevé les ondes.

OBERMANN.

La falaise est à pic, morne, haute, bleuâtre,
Et semble inaccessible à la chèvre du pâtre ;
Un domaine royal couronne le plateau,
Et sous le ciel pâli se dessine un château

Ombragé d'un vieux parc qui ne doit reconnaître
Qu'un rêveur amoureux ou qu'un Condé pour maître.

En bas, sur une grève et du flanc d'un rocher
Jaillit un ruisseau clair : c'est la source d'Orcher.

Sur cette plage aride et sans cesse ébranlée
Où s'abat nuit et jour la vague échevelée
Ce cristal murmurant mêle au fracas des eaux
Une plainte semblable à celle des roseaux.
Triste est ce bord. Pourtant, après l'heure enflammée,
Quand du large la brise au soir est ramenée,
Quand la ligne des monts dans la brume se perd
Il n'est jardin si doux que cet endroit désert.
Là, de son vol lassé, lorsque le jour décline,
Se pose le ramier parmi l'herbe marine.

Frappant l'écho profond des rocs silencieux,
Parfois passe un chasseur pensif et sérieux ;

Au bord de la terrasse, à l'angle de l'allée,
Comme une ombre apparaît une femme voilée;
Ou bien c'est un pêcheur courbé sous un filet
Qui d'un pas alourdi fait crier le galet.

RÉVEIL.

III.

Le rayon d'or qui chante, l'aubépine
qui parle dans son parfum de mai.

EDGAR QUINET.

Après l'hiver, après la pluie,
Du ciel tombe un rayon vermeil,
Et par les champs que l'air essuie
Le papillon vole au soleil.

On entend les sources bruire
Le long des saules, des buissons,
Et l'on voit des perles reluire
Sur l'émeraude des gazons.

L'ombre s'épaissit sous les branches,
Le roseau s'agite avec bruit,
Le cygne ouvre ses ailes blanches
Au souffle embaumé qui s'enfuit.

Les lilas aux brises jalouses
Livrent leurs parfums printaniers ;
Sur le tapis vert des pelouses
Neigent les fleurs des marroniers.

L'oiseau caché sous la ramure,
L'onde qui gazouille en tout lieu,
L'écho des halliers qui murmure
Tout à la fois parle de Dieu.

Si l'homme endurci dans sa faute
Prétend le méconnaître, hélas !
La forêt le chante à voix haute,
Le ruisseau le bénit tout bas.

SUR UNE ABBAYE.

IV.

Ce temple dont la mousse a couvert les portiques,
Ses vieux murs, son jour sombre et ses vitraux gothiques.

De Fontanes.

De ton porche sculpté l'homme a brisé la pierre,
L'herbe envahit ton seuil, mais toujours j'aime à voir
Frémir sur tes arceaux le panache du lierre
Quand ton front resplendit des feux mourans du soir.

J'aime entendre la voix de ton airain fidèle
Redire en saints accords à l'écho de ta tour
L'angelus que le vent porte au loin sur son aile
Aux bergers égarés vers le déclin du jour.

Le pâle crépuscule à ta voûte plus sombre
Estompe les émaux du vitrage obscurci,
Et ses vagues clartés disparaissent dans l'ombre
Qui descend de tes murs comme un voile noirci

Lorsque la nuit s'abat sur tes dalles funèbres,
A l'heure où tout s'éteint mon œil voit luire encor
Sur tes autels poudreux perdus dans les ténèbres
Les sacrés crucifix près des calices d'or.

LES CHAMPS.

V.

En ces beaux promenoirs nourriciers des pensées.

BERTAUT.

Souvent lorsque midi me surprend dans ma course
À l'ombre d'un buisson et sur un lit de mousse
Je m'assieds au détour du vert sentier qui fuit,
Et je suis à mes pieds dans l'herbe qui s'incline
La source au flot d'argent, l'abeille qui butine,
Le grillon qui bourdonne et l'insecte qui luit.

Le nuage qui passe, une feuille tombée,
La laine par l'épine à l'agneau dérobée
Et que l'oiseau du ciel pour son nid sait trouver,
Le rayon, le fruit mûr, le rameau qui se penche,
La perle d'eau qui fait étinceler la branche :
Tout m'arrête et m'enchante, et tout me fait rêver.

La plus petite fleur solitaire et cachée
A mille attraits charmants dont mon âme est touchée,
Je la cueille parmi les ronces du chemin
Et sa frêle beauté qui d'un souffle est éteinte
Révèle à mes regards ravis comme l'empreinte
Et le divin cachet d'une invisible main.

Tantôt passe en mon cœur un songe de l'attique,
J'écoute et crois ouïr au fond d'un bois antique
De quelque chevrier la flûte aux neuf tuyaux ;
Tantôt je songe aux nefs des hautes cathédrales
Et contemple le lierre aux tremblantes spirales
Qui va traçant dans l'air l'ogive des arceaux.

J'aime m'abandonnant au hasard qui me guide,
Cherchant les lieux déserts et foulant l'herbe humide,
M'égarer loin du bruit sous les rameaux épais ;
Ou bien au bord du lac où l'oiseau dort sans crainte
Respirer la fraîcheur, m'enivrer de la plainte
De la brise qui passe entre les roseaux frais.

Par ces sentiers gardés des longs rayons de flamme
L'espérance et l'oubli rassérénent notre âme ;
On se sent pénétré sous le feuillage vert
Des soupirs et des chants, des parfums et des ombres,
C'est un charme surtout si par ces chemins sombres
On va d'un pas distrait avec un livre ouvert.

Si c'est quelque hymne en pleurs d'une muse amollie,
Quelque billet brûlant de Tibulle à Délie,
Mais c'en est trop, que dis-je ? — Il n'est pas de douceur
Préférable peut-être à ce plaisir suprême
De lire à demi-voix le passage qu'on aime,
Et d'écouter en soi chanter les voix du cœur.

Oh ! qu'il fait bon ainsi, dans l'herbe, au pied d'un chêne,
De s'enivrer des vers de la muse sereine,
De rafraîchir son front sous les rameaux pliés ;
Puis, vers le soir, conduit par sa plainte indécise,
De chercher l'endroit frais où la source se brise,
Et dans le pur cristal, las, de baigner ses pieds.

Je plains l'ambitieux à l'âme désolée
Qui dédaigne l'aurore et la nuit étoilée,
Le rayon attiédi qui réchauffe son seuil ;
La rose en vain s'effeuille et la source soupire,
Il laisse la nature et chanter et sourire,
Et se livre, insensible, aux pensers de l'orgueil.

Que ne va-t-il aux champs bercer sa rêverie ?
Ce qui vaut mieux que l'or, c'est la plaine fleurie,
C'est le vallon désert, c'est le flot murmurant,
Des vagues horizons c'est la cime rayée,
C'est la mousse des bois, c'est la verte feuillée,
Des lilas printaniers c'est l'ombrage odorant.

Qu'il poursuive à son gré de vains honneurs, des chaînes,
Pour moi j'irai cherchant les images sereines,
Les sentiers, les ruisseaux s'écoulant à pleins bords.
Je préfère aux palais où ses vœux font naufrage,
L'humble toit des pasteurs, le chaume du village
Dont le bruit d'un moulin m'annonce les abords.

Tous les trésors vantés que l'ignorance envie
Ne valent pas ces biens qui font l'âme ravie :
Les limpides clartés du matin blanchissant,
Les ombres des grands bois, le parfum des collines,
Les lacs resplendissants, les monts, lignes divines,
Les vallons embaumés où le regard descend.

Sous ces feux du matin que la nature est belle !
Toute cime frémit, toute feuille étincelle,
Nul trait n'est indécis, nul lointain ne se perd.
Le ciel, bleu pavillon, sans un pli se déroule ;
Puis ce sont par les bois de doux chantres en foule
Que soudain l'on entend modulant leur concert.

Qu'elle est belle, l'été, lorsque midi flamboie !
Dans la blonde vapeur chaque contour se noie,
Chaque buisson est ceint d'un rayon estompé.
Entre ses bords déserts le flot clair et limpide
Semble courir joyeux sous un réseau splendide,
Et le rocher reluit d'ardents reflets frappé.

Et qu'elle est belle encor quand le soleil effleure
De son éclat mourant les blancs chemins, à l'heure
Où cessent à la fois les rustiques travaux,
Où le troupeau tardif va regagnant la crèche,
Où le lourd chariot passe plein d'herbe sèche,
Où le brun laboureur découple ses taureaux !

LA GRÈVE.

VI.

CHATEAUBRIAND.

Au bord de l'Océan je sais un frais rivage
Où parmi les ajoncs croît l'absinthe sauvage,
Où l'algue échevelée au gré du flot changeant
Déroule ses festons sous un réseau d'argent.

L'été, par les beaux soirs, libre d'inquiétude,
Épris de la beauté de cette solitude,
Sur le penchant des rocs que l'onde n'atteint pas,
Contemplateur distrait, j'aime à porter mes pas,
Et là, marchant sans but et la tête baissée,
J'écoute en mon esprit la voix de ma pensée.

Certes les bois profonds et les halliers touffus
Sont baignés de fraîcheur et pleins de chants confus,
Et sous les verts rameaux où l'ombre nous réclame
Des rayons de midi l'air attiédit la flamme;
Il est doux de fouler l'herbe au fond des forêts;
Mais comme les grands bois les flots sont pleins d'attraits,
Et j'aime à retrouver, loin des sentiers vulgaires,
La sauvage grandeur des plages solitaires.

Or jusqu'à ce que l'ombre environne les cieux
Éveillant des récifs l'écho silencieux,
Respirant les parfums épars sur cette grève,
Je poursuis lentement et caresse mon rêve;

J'abandonne et reprends un sonnet commencé,
Ou j'avise un navire au couchant effacé,
Une voile qui fuit blanche en un lointain vague
Comme un cygne endormi sur l'azur de la vague.
Alors vient l'éternel désir de voyager
Au pays de Mignon où fleurit l'oranger ;
Puis ce sont les regrets, les secrètes pensées,
Les plus chers souvenirs des tendresses passées.

Et tandis qu'en silence ainsi je vais rêvant
A l'angle des rochers j'entends gémir le vent,
Et l'étoile du soir, à travers une brume,
Phare mystérieux, sur l'horizon s'allume.

L'ESCLAVE.

VII.

Voici l'heure au lion qui poursuit la gazelle.

CHATEAUBRIAND.

L'or du couchant s'efface,
L'ombre du soir remplace
Les flammes de midi ;
Et les fleurs embaumées
Tremblent demi-fermées
Sous le vent attiédi.

Comme un manteau d'écume,
Au loin flotte la brume.
Rasant le flot obscur
L'oiseau cherche la grève.
L'étoile qui se lève
Scintille dans l'azur.

Vous que la brise emporte,
Pourquoi fuir de la sorte,
Quel port vous est offert
Sur ces mers fortunées,
Blanches voiles tournées
Vers l'horizon désert ?

Ah ! je voudrais sans crai.
M'enivrant de la plainte
Des grands flots écumants,
Me pencher sur la prame
Et voir de chaque rame
Tomber des diamants.

Mais qu'importe à ma vie
La liberté ravie?
D'où vient que je languis?
J'ai des habits splendides,
J'ai des colliers limpides,
J'ai des voiles exquis.

Les écharpes soyeuses,
Les chansons amoureuses,
Les parfums allumés,
Les roses que je cueille
Et qu'en rêvant j'effeuille
Bercent mes sens charmés.

L'eau tombant sur les marbres,
L'ombre sous les grands arbres,
Le chant du bengali,
L'air brûlant, tout m'enivre,
Il n'est doux que de vivre
Sous ce ciel amolli.

Quand la nuit tend ses voiles
Je compte les étoiles,
Je recueille à demi
Les mourantes fanfares,
Je cherche au loin les phares
Sur le flot endormi.

L'amour jaloux m'enchaîne,
Je suis esclave et reine,
Reine par ma beauté :
C'est un mystère étrange,
Ma vie est un mélange
D'ennui, de volupté.

PAYSAGE.

VIII.

Ciel alme et doux.

Du Bartas.

Voici que le printemps à travers les ramures
Épanche ses rayons, ses parfums, ses murmures,
Et rend à nos désirs et les riants sentiers,
Et les lilas en fleurs, et l'ombre des halliers.

Douce saison de mai ! — comme en une aube fraîche
Tout s'éveille et reluit. Aucun voile n'empêche
Ainsi qu'en ces beaux jours trop ardents de l'été
D'admirer dans l'azur l'horizon velouté.
Partout contours distincts, lignes pures et vives.
Le lac limpide et clair tranche bien sur ses rives,
Pour les coteaux penchés son onde est un miroir ;
Et par delà la plaine, au plus loin, l'œil peut voir
Quelques frêles bouleaux dont les branches mêlées
Sur les fonds transparents sont comme ciselées.

Le ciel étend sur nous sa courbe de saphir.
L'air avec le feuillage échange un long soupir.
Partout du renouveau le charme se révèle.
Le cygne au blanc duvet fait retentir son aile,
Et déjà le pasteur dans les herbes couché
Écoute la chanson du rossignol caché.

LA JEUNE FILLE.

IX.

La jeune fille au pas léger
Qui déjà gagne les prairies
Et glisse blanche au loin, le long des métairies.

SAINTE-BEUVE.

La voyez-vous passer dans le vallon tranquille,
Le long des aliziers, sous l'ombrage immobile,
Sur l'herbe humide encor marchant d'un pas léger?
Voici qu'elle revient du paternel verger,

Et la pêche et la figue, et la grappe vermeille
Sous son bras arrondi font plier la corbeille.

De quel éclat charmant rayonne sa beauté!
Son front pur se dérobe aux ardeurs de l'été
Sous un simple chapeau fait de paille tressée.
Un ruban avec art tient sa taille pressée.
Sa robe flotte au vent, blanche, à plis gracieux,
Et la fait ressembler à quelque ange des cieux.
Que son air est joyeux, que sa démarche est vive!
Il n'est point de pasteur qui des yeux ne la suive,
Bien qu'elle ignore encor que ses attraits vainqueurs
Chaque jour sur ses pas vont captivant les cœurs.

Tout entière au logis à ce qui la réclame,
Elle est grave déjà comme une jeune femme.
Elle sait aux travaux veiller de toutes parts;
Son zèle sans orgueil dédaigre les regards.
Par sa rare douceur, sa parole prudente,
Elle est à la maison comme une humble servante;

Telle enfin, les bras nus, c'est plaisir de la voir
Lorsqu'elle entre à l'étable, au retour du lavoir,
Écartant de ses mains sans peur qu'on la repousse
Les bœufs au large front et la génisse rousse.

C'est ainsi, préférant les utiles labeurs,
Que le devoir rempli la garde des langueurs;
Son cœur évite mieux l'atteinte des délices,
Elle échappe aux dangers des tendres artifices.
Aussi point de tristesse et point d'ardents soupirs,
Point de pleurs dérobés, point de vagues désirs;
Ni vœux, ni longs transports qui troublent la prière.
Jamais on ne la voit, amante du mystère,
Vers ces bois où le soir des couples amoureux
Vont s'égarer dans l'ombre en devisant entre eux.
Non, non, rien n'a terni sa robe d'innocence,
Nul amant n'a parlé; car certains à l'avance
De ne pouvoir se faire un instant écouter,
Les plus fiers de leurs vœux craindraient de la tenter.
Sa vertu la protége et parfume sa vie.
Autant que sa beauté sa paix peut faire envie;

Aussi, souvent frappé, le passant curieux
S'arrête à contempler son profil sérieux,
Alors qu'elle travaille assise à la croisée
Où monte et se suspend la vigne entrelacée,
Où la fraîche églantine en ses parfums sourit,
Où l'oiseau du ciel bleu vient retrouver son nid.

Là, dans la chambre ouverte au rayon d'or mobile,
S'élève entre les fleurs la madone d'argile,
Image au doux souris qui sous ses longs réseaux
Debout veille au chevet du lit aux blancs rideaux.

Elle a pour ses plaisirs le soin des riches treilles,
La récolte des fruits, la garde des abeilles,
Le chevreau qui bondit, puis les petits enfants
Qu'elle aime à soulever dans ses bras triomphants.
Se mêlant à leurs jeux aux bords que l'onde arrose,
Elle cueille en chantant la marguerite rose ;
Elle cherche pour eux sous le pampre attiédi
Le raisin tempéré par les feux de midi ;

Comme eux elle aime au temps des moissons commencées
Rire du haut d'un char sur les gerbes pressées.

Mais comme les saisons ses plaisirs sont divers.
L'été passe, et lorsque l'haleine des hivers
Arrache le feuillage au dôme des allées
Et suspend chaque nuit le réseau des gelées,
Quand la bise gémit par les champs obscurcis,
Posant ses petits pieds près des chenets noircis,
Elle écoute conter entre les filandières
Les légendes du lieu, pieuses et guerrières.
Tandis que vingt rouets bourdonnent avec bruit,
Que le grillon se plaint dans l'âtre qui reluit,
Attentive au récit dont le charme l'enivre,
Elle travaille auprès de la lampe de cuivre.

D'autres dont la grandeur fait les destins heureux
Ont les riches colliers et les tissus soyeux,
Elles ont les palais que la foule contemple,
Les lambris parfumés et le boudoir, ce temple

Où tel marbre reluit qui vaut seul un trésor,
Où vingt glaces partout resplendissent dans l'or.
Là, souvent, tout le jour, les belles nonchalantes
Rajustent leurs cheveux et leurs robes traînantes ;
— Pour elle, on ne la voit sourire à son miroir
Que lorsqu'elle suspend sa croix sur son mouchoir.

LES AMANTS ET LE BERGER.

X.

> O biens évanouis! ô délices passées !
>
> **MENAGE.**

Nous venons, ô pasteur, cueillir comme autrefois
La violette douce embaumant l'air des bois.
— La riante saison, couronne de l'année,
Le printemps s'est enfui : l'humble fleur est fanée.

Du moins conduis nos pas vers le ruisseau caché
Dont l'onde soupirait dans le vallon penché.
— Il n'est point ici-bas de source intarissable,
Son cristal murmurant s'est séché sur le sable.

Berger, montre à nos yeux les pampres frémissants
Qui prêtent aux amours leurs abris caressants.
— Hier l'orage grondait et leur feuillage frêle
S'est flétri pour jamais sous le vent et la grêle.

D'autres rameaux peut-être abritent l'enchanteur,
L'oiseau qui ravissait l'arbre, l'onde et la fleur.
— Enfants, votre âge heureux comme un beau jour s'efface,
Et le doux chantre aussi s'est perdu dans l'espace.

XI.

Enfant, daigne m'entendre :
Quand mon regard trop tendre
T'offense et me trahit,
Tu te montres si fière
Que devant ta colère
Tout mon sang se tarit.

Tu ne parles qu'à peine,
Tu prends ces airs de reine
Si pleins de majesté;
Tu rougis de ma flamme.
Tiens, je crains pour ton âme
L'orgueil de ta beauté.

Je sais que tes rivales
Devant toi semblent pâles
Et te cèdent le prix.
Tu répands, ô martyres !
Sur leurs fronts tes sourires,
Sur nos cœurs tes mépris.

Que la chaste Minerve
Le garde et le préserve
Celui qui craint d'aimer
De jamais te connaître,
Car un Dieu t'a fait naître
Pour vaincre et pour charmer,

Ton regard sous ton voile
Luit plus clair qu'une étoile,
Ton visage est très beau,
Ton teint d'un blanc d'ivoire
Et ta tresse plus noire
Que l'aile du corbeau.

Tes grands yeux qu'on admire,
N'ont pas encor pu lire
Au miroir, mes amours,
Flatteur qui t'accompagne,
Que déjà l'ombre gagne
Le matin de tes jours.

Oh! tu chantes victoire!
Tu règnes dans ta gloire!
Tous remords oubliés,
Tu te montres sereine,
Tandis que dans l'arène
Nous mourons à tes pieds.

Tu souris, mais écoute :
Tu ne crois pas sans doute,
Car nos destins sont courts,
Tenir, lorsque tout passe,
Le sceptre de la grâce
Et le garder toujours?

Pourquoi donc, ô ma belle!
Te montrer si rebelle,
Refusant par fierté
Ce qu'une loi réclame?
Que fais-tu de ton âme?
A quoi bon ta beauté?

Nul pouvoir en ce monde
A jamais ne se fonde :
Vainqueur au bandeau d'or,
Vierge aux attraits sans nombre,
Chacun n'a qu'un but sombre :
Tout vogue au même port.

Les roses des vallées
Déjà s'en sont allées
Au souffle des autans :
Ainsi vont nos paroles
Et nos beaux jours frivoles
Sur les ailes du temps.

Oui, tout brille et tout passe :
Le blond rayon s'efface,
Le ruisseau qui reluit
Malgré ses chants s'écoule,
Le sentier se déroule
Et le printemps s'enfuit.

SUR LA DERNIÈRE ODALISQUE PEINTE PAR INGRES.

XII.

Musulmane aux longs yeux.
CHATEAUBRIAND.

La sultane, le soir, sur les flots bleus calmés,
Laisse de la terrasse errer ses yeux charmés,
Elle se penche et livre aux brises amoureuses
Les anneaux parfumés de ses tresses soyeuses.

Le ciel est d'un azur limpide et transparent,
La lune luit, la mer chante son rythme lent ;
Elle écoute à ses pieds l'eau frémir dans les mousses
Et des échos troublés retentir les voix douces.

Et dans l'ombre tiède et l'air silencieux
Se mêlant au concert des chœurs mystérieux,
Parfois d'un accent vif ou sur un mode tendre
C'est comme un chant joyeux que sa voix fait entendre ;
Souvent c'est un regret mêlé de vœux perdus,
Et souvent sa parole expire en mots confus,
Harmonieux soupirs, son caprice caresse
Quelque songe enchanté de secrète tendresse.
Et les blondes lueurs plus molles que le jour,
Et l'étoile et le flot l'enivrent tour à tour ;
Elle admire et les feux fixant l'horizon vague,
Et les reflets d'argent qui glissent sur la vague,
Et la ligne des forts qu'on distingue à demi,
Et quelque voile au loin comme un cygne endormi ;
Car elle aime la nuit et ses pompes sereines.

Mais lorsque vient le jour, que des clartés soudaines

Surgissent dans la pourpre et que l'ombre s'enfuit,
Son front comme une fleur qui penche et s'allanguit
Sur ses coussins retombe. — En vain l'aube joyeuse
Éveille dans les bois la colombe amoureuse,
En vain le ciel rayonne, en vain par les jardins,
Derrière les treillis des lierres, des jasmins,
Le lys, emblême heureux d'une ardeur apaisée,
Tend son calice blanc tout rempli de rosée ;
En vain s'ouvre au zéphir sur l'églantier mouvant
La rose au doux parfum que l'on cueille en rêvant ;
La fille du harem, la belle nonchalante
Dort ou se berce au bruit d'une onde étincelante
Qui jaillit d'un bassin de jade ou de métal
Et tombe épanouie en perles de cristal.
Tandis que son cœur flotte au souffle qui l'égare,
Une esclave au sein nu qui touche la guitare
Chante pour dissiper ses langueurs et son deuil,
Et charme l'icoglan arrêté sur le seuil.
Sous des rideaux jaloux une lumière douce
Craint d'offenser ses yeux, son beau pied nu repousse
La sandale brillante et foule le velours ;
Pour son corps languissant ses voiles sont trop lourds.

Son bras blanc pend sans force et son regard s'incline,
Et c'est avec effort que sa bouche divine
Daigne aspirer parfois l'encens du narghilé,
Ou jeter son sourire au miroir étoilé.

Ah ! pour te posséder, jeune sultane fière,
Le pacha de Tunis et le soudan du Caire
Livreraient cent beautés, vierges aux fronts pâlis,
Et cent palais gardés de jardins embellis ;
Et le derviche errant qui boit aux sources fraîches,
Et qui vit de maïs ou bien de figues sèches,
Donnerait le trésor de ses rêves brillants
Pour toucher tes habits et baiser tes pieds blancs !

LE SONGE.

XIII.

Ce sont les heures des esprits.
STELLO.

Je descends lorsque la nuit tombe,
Je m'abats comme la colombe ;
Souvent j'apporte un bon conseil,
Bien qu'on me taxe de mensonge.
Qui suis-je ? on me nomme le songe ;
Je trouble ou charme le sommeil.

Voici le temps que je préfère :
Oubli, silence, ombre et mystère.
Partout je règne sans effort.
La nature s'endort lassée,
Et la vie en elle est bercée
Comme la barque dans le port.

Fidèle aux douleurs ignorées,
J'apporte aux lèvres altérées
La coupe, objet des vains désirs.
Dans sa retraite solitaire
Je console le sage austère
Qui porte le deuil des plaisirs.

Je puis combler ta fantaisie :
Tableaux, concerts, fleurs, ambroisie,
Je t'offre mes trésors exquis.
Je sais les sources de l'ivresse,
Quel bien as-tu rêvé sans cesse?
Quel est le mal dont tu languis?

Faut-il qu'en ta faveur je touche
Quelque beauté d'humeur farouche?
Ses dédains seront apaisés.
Veux-tu la gloire et ses délices ?
Choisis au gré de tes caprices
De l'or, des palmes, des baisers.

Je veux saisir d'un rêve étrange,
Frapper d'un transport sans mélange
Tes sens à mes charmes soumis,
Et d'une rayonnante flamme
Baignant le trépied de ton âme,
Ravir tes esprits endormis.

Va, tout bonheur n'est que chimère;
Le monde est comme l'onde amère,
Abîme sans cesse agité.
Dormir est plus doux que de vivre;
Souvent le rêve qui t'enivre
Vaut mieux que la réalité.

Oui, toute joie a ses alarmes,
Moi seul j'ai des faveurs sans larmes ;
J'aime à corriger le destin ;
A mon gré je berce en mes fêtes
Et les amants et les poètes
Jusqu'aux approches du matin.

Mais voici ses lueurs vermeilles.
Adieu. C'est l'heure où tu t'éveilles
Au signal du coq vigilant.
Le ciel redore la vêprée,
Et doucement l'aube empourprée
Éteint les étoiles d'argent.

MIDI.

XIV.

Marchant tout beau dessoubs l'ombre.
Du Bellay.

Le soleil s'endort dans sa course,
L'onde se tarit dans la source,
Les troupeaux cherchent la fraîcheur.
L'écho se tait, la feuille écoute,
L'oiseau chante au bord de la route,
A peine il passe un voyageur.

Dans les joncs le pêcheur sommeille,
Le pâtre au penchant d'une treille
Rêve sous l'ombrage attiédi.
Le laboureur même s'arrête
Et cherche à garantir sa tête
Des feux éclatants de midi.

Et nous, seuls, vers ce bois qui tremble,
Hâtons-nous de chercher ensemble
Un abri sous ce ciel brûlant;
Pour tes pas, ô ma bien aimée,
Vois comme sur l'herbe embaumée
Penche le feuillage brillant.

LE CHASSEUR.

XV.

> Aussi libre que dans les plaines de l'air
> le milan règne en maître, aussi libre
> règne le chasseur sur les montagnes et
> les rochers.
>
> SCHILLER, (*Guillaume Tell*).

La foudre et l'air luttent ensemble,
La brume s'amoncelle en bas,
Le ciel tonne et le sentier tremble,
Le franc chasseur ne tremble pas !

Quand le fils de Tell vers les crêtes
Porte au matin ses pas errants,
Il force toutes les retraites,
Il franchit ravins et torrents;
Des chamois la troupe légère
Bondit, prompte à se dérober,
Mais sur la neige ou la bruyère
Le plomb vainqueur les fait tomber.

Il marche au-dessus des nuages,
De l'aube il chante le réveil,
Il rit du courroux des orages,
Il s'endort sur l'herbe au soleil;
Il boit à la source écumeuse,
Il fuit le toit de l'étranger :
Oh! que sa vie aventureuse
Vaut mieux que le sort du berger!

Il préfère aux riches campagnes
Les bois profonds et les déserts;

Il prend pour sa part les montagnes,
Les glaciers et les sapins verts.
L'ours sous ses coups meurt sans défense;
Il poursuit le vautour cruel;
Frappé de crainte à sa présence
L'aigle remonte dans le ciel !

La foudre et l'air luttent ensemble,
La brume s'amoncelle en bas,
L'éclair brille et le sentier tremble,
Le franc chasseur ne tremble pas !

VOEU.

XVI.

Il faut tâcher de passer sa vie avec un
peu de joie et de repos.

Mᵐᵉ DE SÉVIGNÉ.

En des jours inquiets, alors que ma pensée
Sent déborder en soi l'amertume amassée,
Souvent j'aime égarer, calme et triste à la fois,
Mes pas irrésolus par les champs et les bois.

Je vais chercher au loin les retraites aimées
Où l'ombre et la fraîcheur descendent des ramées;
Lieux où règne en été sous de riants berceaux
Un silence troublé du chant seul des oiseaux;
Et de là j'aime à voir par les plaines sereines
Les toits couverts de joncs qui fument sous les chênes.

Les ravins, les vallons, les coteaux veloutés,
Les horizons confus, les sentiers abrités,
Les troupeaux mugissants, les chaumes sous les branches,
Les blés, les fruits dorés, les fleurs rouges et blanches :
Mille aspects variés, mille objets gracieux
Font trève à ma langueur en occupant mes yeux.
J'admire tour à tour sous les splendeurs vermeilles
Les fécondes moissons, l'éclat brillant des treilles,
Le miroir des étangs sous le feuillage obscur,
Les roseaux verts penchés se croisant sur l'azur.
Des rivages plaintifs l'étrange et doux mystère,
Le charme me séduit, et du val solitaire
Au mont où le chasseur porte ses pas hardis
Élevant mes regards parfois tout bas je dis :

Oh ! vivre heureux aux champs ! celer, cacher sa vie
Loin du monde ! oublier la gloire poursuivie !
Sans regrets, sans désirs, passer des jours obscurs
Sous un toit dont la vigne enlace les vieux murs !
Confiner ses destins, sage, en quelque Elysée,
Solitude à souhait pour une âme épuisée,
Et là sentir au fond d'un cœur humble et soumis
Descendre enfin l'oubli des soins et des soucis.

Alors, tout en marchant, je rêve une demeure
Simple et close au regard, et tranquille à toute heure,
A l'entour, un jardin, frais et riant abri,
Et près du petit bois le sentier favori.
En bas, un ruisseau clair coule entre de grands aunes
Sous les nénufars blancs et les nymphœa jaunes.
Le chant de mille oiseaux, sonore, épanoui,
Fait de ce lieu désert un séjour réjoui.
Enfin des prés, des champs, des sommets solitaires
Arrêtent l'horizon par des lignes austères.

C'est là que je voudrais vivre libre et caché,
Des choses d'ici bas à jamais détaché ;

C'est là que j'aimerais, suivant ma fantaisie,
Laisser aller mes jours au vent de poésie.
Là, goûtant des hameaux l'heureuse obscurité,
Je pourrais désormais braver l'adversité,
Je sentirais enfin naître en mon âme émue
Une tranquillité trop longtemps inconnue.

Oh ! qu'il me serait doux, loin du bruit des cités,
Fuyant l'éclat du monde, et las des vanités,
D'habiter cet asile, et de voir mes journées
Dans un calme profond s'écouler enchaînées !
Là, point d'hôte inquiet, point de front soucieux,
Là, point de faux amis à l'air officieux.
Le silence et l'étude, et, sous le toit prospère,
L'enfant toujours joyeux, la blanche ménagère,
L'épouse au cœur charmant dont l'amour me sourit,
Que la sagesse inspire et que l'honneur conduit,
Dont l'âme à nul désir frivole ne s'éveille,
Qui fait l'aumône et prie, et travaille et surveille,
Et qui, lorsque l'on rentre au soir poudreux et las,
Apprête de ses mains la table du repas.

Quel plaisir, au matin, quand chante l'alouette,
A l'heure où par degrés l'aurore se projette,
De voir dans les replis d'un ciel mystérieux
Poindre d'un jour d'été le lever radieux !
Quels plus riants tableaux que ceux que l'œil voit naître
Sous l'éclat pur de l'aube en un vallon champêtre !
O le joyeux réveil ! ô le charmant loisir,
Attentif et rêveur, d'admirer, de saisir,
Les divines splendeurs, l'ombre au fond des retraites,
Les effets merveilleux et les beautés secrètes !
Déjà par les chemins, sur les coteaux rougis
Les troupeaux vont aux champs ; chacun, loin du logis,
Va reprendre en chantant sa tâche familière ;
L'air s'anime, on entend battre le grain sur l'aire.
L'angelus du matin de ses sons mesurés
Fait vibrer tour à tour les clochers éclairés,
Et le bois frémissant du haut des monts salue
L'astre roi qui paraît baignant de feux la nue.

Mais quel art fournirait le trait et la couleur
Pour rendre des objets le charme extérieur ?

Heureux qui sans prétendre en tracer la peinture
Sait en la contemplant méditer la nature,
Et qui fuyant des grands les palais solennels
Vit, comme dit Horace, en ses champs paternels.
Il n'a point les soucis dont l'amertume accable
L'ambitieux trompé qui bâtit sur le sable,
Nulle ombre en son esprit n'obscurcit la raison,
Et rien n'attriste au soir son étroit horizon.
Il taille ses vergers ou va fauchant ses herbes,
Et ne tirant d'orgueil que de l'or de ses gerbes,
Du parfum de ses fleurs, du poids de ses fruits mûrs,
Content de son labeur et de ses loisirs purs.
Tantôt vient la moisson, c'est l'été, le ciel brille,
Et les épis pesants tombent sous la faucille;
Tantôt, lorsque l'automne à son tour a souri,
La vigne des coteaux sous le pampre mûri
Lui livre le tribut de ses grappes vermeilles
Dont le faix abondant rompt l'osier des corbeilles.
Il compte ainsi le temps par des travaux divers;
Ses prés et ses sillons forment son univers.
Exempt de vains désirs et de crainte inquiète,
Il marche en son sentier sans détourner la tête.

Ailleurs, chacun jouet d'un rêve décevant
Sans cesse est agité comme un jonc sous le vent,
Lui sent moins le fardeau de l'humaine misère,
Le temps le touche au front d'une aile plus légère,
Et sage il tient caché sous ses arbres épais,
Le seul bien que j'envie : il possède la paix.

SOUVENIRS.

XVII.

Le doux fantôme des vieux jours.

E. DESCHAMPS.

Quoi ! déjà l'hiver froid et sombre !
Les oiseaux délaissent les bois,
Le vent brame et se plaint dans l'ombre....
Ah ! parlons des jours d'autrefois !

Parlons de ces beaux jours d'ivresse,
D'amour, d'esprit et de jeunesse ·
Beaux jours brillans ! temps éloigné !
Couchant doré comme une aurore,
Et dont l'éclat rayonne encore
Dans les lettres de Sévigné.

Oh ! les plaisirs ! les sérénades !
Les rendez-vous ! les estocades !
Les doux propos des cavaliers !
Les carrousels et les devises !
L'eau bénite offerte aux églises !
Les longs regards près des piliers !

Le siècle heureux pour le poète
Où tous les cœurs étaient en fête,
Où les beaux yeux disaient d'oser,
Où l'on chantait sous les charmilles,
Où l'on bravait couvents et grilles,
Où l'on mourait pour un baiser !

D'ailleurs, de soucis nulle trace :
Dès le matin l'on est en chasse,
On se perd sous les arbres verts.
Au retour chacun porte à table
Vingt santés à mainte adorable,
Et Benserade lit ses vers.

Le soir au cercle de la reine
C'est un Condé, c'est un Turenne
Que l'on écoute et l'on sourit ;
La plus belle au vainqueur veut plaire,
Et les plus grands hommes de guerre
Sont alors des hommes d'esprit.

Vous, Julie (*) et Paulet la blonde,
Bregis, merveille sans seconde,
Que vous excitez de tourments !
Que de sonnets et que de larmes !

(*) Julie d'Angennes chantée par Malherbe, Chapelain, Voiture et Scudery.

Celui qui compterait vos charmes
Pourrait seul compter vos amants !

Oh ! qu'en ce temps vous étiez belles !
Que de flatteurs dans vos ruelles !
Quel concert d'amoureux soupirs !
Au sein de votre cour frivole
Un seul regard, une parole
Causait soudain mille désirs !

Et depuis, ô reines des âmes !
Que vos attraits à tant de flammes
Dans la mort se sont dérobés,
Que d'onde échappée aux fontaines,
Et de la cime des vieux chênes
Que de feuillages sont tombés !

Quoi ! déjà l'hiver froid et sombre !
Les oiseaux délaissent les bois,
Le vent brame et se plaint dans l'ombre...
Ah ! parlons des jours d'autrefois !

LA CLOCHE.

XVIII.

Dans les airs frémissants j'entends le long murmure
De la cloche du soir qui tinte avec lenteur.

CHATEAUBRIAND.

L'ombre tombait, du soir régnait l'heure indécise,
Triste, j'étais assis aux bords qui me sont chers.
La mer battait la grève, et l'aile de la brise
Passait en gémissant sur les sables déserts.

Argentant le galet, l'algue et la roche grise,
A mes pieds lentement expiraient les flots clairs.
Je rêvais. — Tout à coup la cloche d'une église,
Comme un écho lointain, retentit dans les airs.

Et je frémis alors, une ivresse inconnue,
Au bruit des saints accords, remplit mon âme émue,
Et longtemps j'écoutai la voix qui tour à tour

Disait, — tantôt sonore et tantôt faible et vague, —
Sur la plaine aux bergers, aux pêcheurs sur la vague :
Rendez grâce au Seigneur : voici la fin du jour.

LA COLLINE.

XIX.

Quum se purpureo vere remittit humus.

TIBULLE.

Les images riantes des lieux, les ombrages de
nos collines préférées et de nos tempés , agitent
en nous leurs fantômes. On se rappelle ces
mêmes heures qui s'écoulaient autrefois dans des
entretiens si doux.

SAINTE-BEUVE.

Lorsque sous le soleil les sentiers reverdissent,
Que du chant des oiseaux les arbres retentissent ,
Que le premier feuillage en avril a frémi ;
Par les prés et les bois lorsque sous les rosées
Renaissent mille fleurs dans l'herbe dispersées,
Et que s'éveille enfin le printemps endormi ;

Fatigué des rumeurs de la ville enfumée,
J'accueille dans mon cœur la saison embaumée,
Et comme en un retour vers de secrets penchants,
Je songe à la colline, au vallon, à la grève ;
De repos altéré je n'admire et ne rêve
Qu'un asile caché, qu'une retraite aux champs.

C'est un désir en moi de fraîche solitude
Qui me fait sans regret quitter l'austère étude,
Les bons livres poudreux qui charment mes regards,
Et ces rares trésors qui font nos longues veilles,
Les débris du passé, les antiques merveilles,
Les vieux bronzes ternis, médailles des Césars.

Nul attrait en ces jours qui vainqueur me retienne ;
Je reviens aux douceurs de l'Idylle païenne,
Aux chansons des bergers ; et si c'est le devoir
Qui fait obstacle seul au cher vœu qui m'entraîne,
Ainsi qu'un condamné prêt à rompre sa chaîne,
Je m'irrite et pour fuir j'attends l'heure du soir.

Il est un lieu charmant sur une molle pente
Qui semble se mirer dans une eau qui serpente :
Gais sentiers près d'un parc planté d'arbres épais.
C'est là que bien souvent, loin des bruits de la ville,
Sans crainte des fâcheux, libre et d'un pas tranquille,
Quelque vieux livre en main, j'aime à chercher la paix.

Là, je perds le souci des jours présens ; j'oublie
Ces projets, fruits amers de l'humaine folie,
Caprices de l'orgueil et de l'ambition ;
La gloire aux feux trompeurs moins vivement m'enflamme,
J'en comprends mieux le vide et l'erreur, et mon âme
Tourne vers d'autres biens son aspiration.

L'ennui ne me fait plus porter le poids de l'heure ;
Je me sens rajeunir au souffle qui m'effleure.
Heureux et recueilli, je m'enivre à la fois
Du rythme languissant des ondes épanchées,
Des obliques rayons sous les branches penchées ;
De la fraîcheur de l'air et du parfum des bois.

Ces sites reposés pleins de lumière et d'ombre,
Ces suaves tableaux ont des attraits sans nombre :
Ils parlent d'autres bords et de jours envolés ;
Je sens qu'ils ont sur moi comme un secret empire,
Et qu'au doux sentiment que leur beauté m'inspire
De lointains souvenirs en mon cœur sont mêlés.

Parfois je crois revoir glissant sous la feuillée
Comme un fantôme aimé ma jeunesse troublée,
En des jardins profonds, beaux déserts où souvent
J'égarais mes langueurs avides de silence ;
Séduit je me reprends à travers la distance
A tout ce passé vague avec un cœur fervent.

Je vais marquant le cours des premières délices,
Et ressaisis l'aspect des ombrages propices :
C'est la verte charmille et l'asile écarté ;
C'est près du mur caché sous la vigne dorée
L'allée au dôme frais, obscure et préférée,
C'est l'arbre au front penché qui m'a tant abrité.

Ranimant par instants ma mémoire obscurcie,

Ainsi je cherche encor l'intime poésie,

Parfum de mes beaux jours par le temps moissonnés.

Hélas! ces souvenirs de jeunesse fidèle

Inspirent une joie où le regret se mêle :

Il semble qu'on repasse aux lieux abandonnés.

TABLE.

—

9 782019 694869